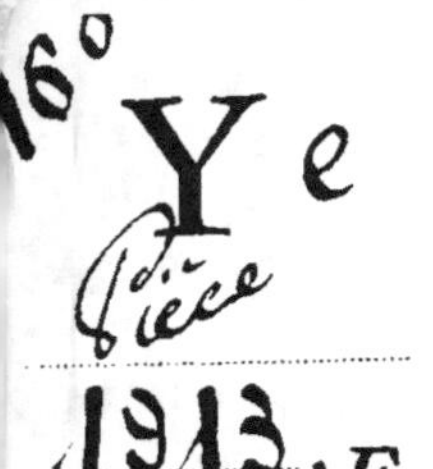
16° Ye Pièce 1913

AF581827

ODE AUX JEUNES FILLES DE VENDÔME

pour qu'elles aillent récitant RONSARD *aux bords du* LOIR

PAR MARC LAFARGUE

L. ROUART ET J. WATELIN
Éditeurs, 6, PLACE ST-SULPICE
PARIS

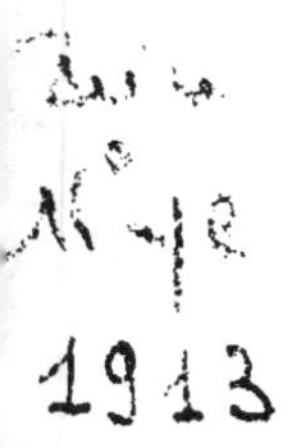
1913

ODE AUX JEUNES FILLES DE VENDÔME
pour qu'elles aillent récitant RONSARD aux bords du LOIR

PAR MARC LAFARGUE

L. ROUART ET J. WATELIN
Éditeurs, 6, PLACE ST-SULPICE
PARIS

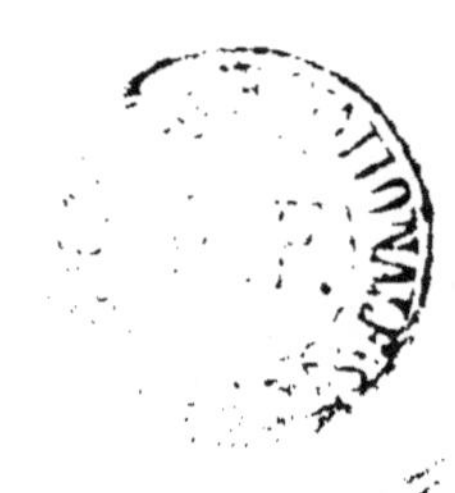

tibi lilia plenis
ecce ferunt nymphœ calathis
VIRGILE

Quand l'arbre blanc de fleurs scintille,
Allez, o belles jeunes filles
De Vendôme, les doigts liés
L'une à l'autre, ou portant lauriers
Ou bien, tout fraîchement écloses
Au jour de Mai, nouvelles roses ;
Allez, dansant sur vos beaux pieds.

Par leurs récentes marguerites
Les prés épais aux jeux invitent ;
Les peupliers nouveau dorés
De tendres branches sont parés.
Profitez de jeune verdure ;
Jamais un bonheur trop ne dure,
Ni l'aubépine dans les prés.

Toi, ainsi que Cassandre blonde,
Danse un moment près de cette onde,
Et, que tes tresses dénouant
Leur or, roulent sur ton cou blanc,
Et que tes seins, beauté jumelle
Où la jeunesse se révèle,
Gonflent, quant tu parais volant.

Et toi, qui sembles à Marie,
De Ronsard la gentille amie,
Auprès du Loir danse à ton tour
Pour fêter Mai, temps de l'amour ;
O toi, portrait de l'Angevine
Pour qui Ronsard quitta Gastine ;
Le printemps passe et puis l'amour.

Et toi, qui, belle comme Hélène,
Peut répandre plaisir et peine
Et qui, seulement d'un baiser
Peut un mal cruel apaiser,
Danse aussi sous ces verts ombrages
Où le Loir mène ses rivages ;
Là Ronsard vint se reposer.

Puis, arrêtant près d'une source
Vos jeux, vos rires, votre course,
A la limite de ce bois,
Chantez de votre jeune voix,
En répandant des fleurs sur l'onde
Sortant d'une grotte profonde ;
Chantez des vers du Vendômois.

Jadis, quand la chaleur première
Lui faisait fuir grande lumière,
Ayant marché bien au hasard,
Quand le soleil de toute part
Dore les fleurs de la prairie,
Ici, pour Cassandre ou Marie
Ou Hélène, chantait Ronsard.

Dites ses vers quand la lumière
Qui ne meurt pas couvre la terre;
Dites les, quand sur le sommet
De l'arbre vert, au mois de Mai
La tourterelle est roucoulante,
Et, lorsque la saison plaisante
Vous dit: « Bientôt il faut aimer. »

Par votre voix faites renaître,
Quatre siècles passant, le maître
Dont ne se tait pas le pur chant;
Que son vers sonne dans ce champ
Grâce à votre voix printanière
Sur la jonquille et sur le lierre
Qui sur la source va penchant.

Car, si son ombre se récrée
Sous les myrtes, dans la contrée
D'où l'on ne revient pas souvent,
C'est que, laissant aller au vent
Votre gaîté, votre jeunesse
Vous dites, telles des Déesses,
Du Vendômois les plus beaux chants.

Ce fut presqu'un Dieu, plus qu'un homme
Qui naquit au ciel de Vendôme ;
Et, c'est, grâce à vous, dans ce jour,
Qui récitez ses vers d'amour,
Que peut encor, sous la vesprée
Où fleurit la terre pourprée,
Ronsard venir en ce séjour.

Ainsi la source Bellerie
Résonnait d'un vers à Marie,
Quand Ronsard de la France honneur
Et, de Vendôme le chanteur,
Chantait, comme ce jour vous faites,
Par ces jours de rustiques fêtes,
Avant les mois de la chaleur.

Le rossignol sa voix élève
Et puis se tait ; la vie est brève
Et la rose du Vendômois
On ne la cueille qu'une fois ;
Mais la poésie éternelle
A chaque mois de Mai se mêle.
Chantez Ronsard, à pleine voix !

ACHEVÉ D'IMPRIMER
LE 1er JUIN 1924, A PARIS,
SUR LES PRESSES DE LOUIS ROUART
ET JACQUES WATELIN,
ÉDITEURS.

PALLAS.

BIBLIOTHEQUE NATIONALE DE FRANCE
3 7502 01502230 6

www.ingramcontent.com/pod-product-compliance
Lightning Source LLC
LaVergne TN
LVHW050236180726
843501LV00014BA/4399

* 9 7 8 2 3 2 9 6 2 1 6 6 1 *